D0459035

Un niño latino en Estados Unidos

Paco

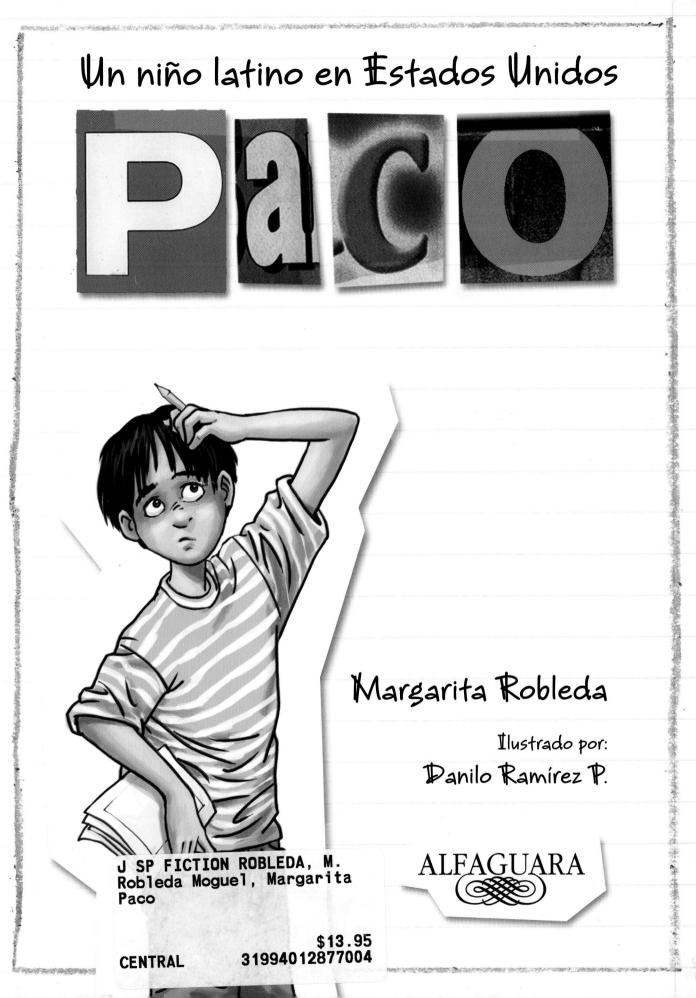

Margarita Robleda

Ilustrado por:

Danilo Ramírez P.

ALFAGUARA

Publicado en inglés con el título *Paco, A Latino Boy in the United States*

© Del texto: 2004, Margarita Robleda

© De esta edición: 2004, Santillana USA Publishing Company, Inc.
2105 NW 86th Avenue
Miami, FL 33122
www.santillanausa.com

Editora: Isabel Mendoza
Diseño: Jacqueline Rivera y Mauricio Laluz
Ilustraciones: Danilo Ramírez P.

Alfaguara es un sello editorial del **Grupo Santillana**. Éstas son sus sedes:
ARGENTINA, BOLIVIA, CHILE, COLOMBIA, COSTA RICA, ECUADOR, EL SALVADOR,
ESPAÑA, ESTADOS UNIDOS, GUATEMALA, MÉXICO, PANAMÁ, PARAGUAY, PERÚ,
PUERTO RICO, REPÚBLICA DOMINICANA, URUGUAY Y VENEZUELA.

ISBN: 1-59437-558-5

Impreso en Colombia por D'vinni

04 05 06 07 08 09   9 8 7 6 5 4 3 2 1

Para todos los Williams del mundo

William tenía cuatro años de edad cuando lo conocí. Fue un día en que me invitaron a cantar a la escuela Benavidez de Houston, Texas. Me enteré de que, aunque llevaba ya seis meses en la escuela y su maestra, la Sra. Crouch, había intentado todo, el niño no había abierto la boca. Después de mi presentación, William llegó a su salón

y dijo: "Sí puedo, soy muy inteligente", y se soltó a hablar.

Cuando lo supe fui a conocerlo. Era un niño dulce y sensible que había sido arrancado de su Guatemala, de su idioma y sus amigos, y llevado a un país extraño. Ese día, al verse entre rimas, adivinanzas, canciones y risas, William probablemente se dijo: "¡Uf! Estoy en casa".

Margarita Robleda

Me llamo Francisco, pero todos me dicen Paco. Tengo 11 años. Mi historia no es muy larga pero, eso sí, tengo mucho que contar. Así que cuando la maestra pidió que escribiéramos nuestra biografía, se me quitó la flojera que a veces me da por arrastrar el lápiz; me sentí muy importante, y decidí escribir un libro que se llame: "La vida de don Francisco Javier Ramiro González López", que es mi nombre completo; aunque pensándolo bien, quizá sea muy largo como título de un libro y mejor le ponga: Paco, un niño latino en Estados Unidos.

Cuenta mi mamá que cuando nací me parecía muchísimo a mi papá; tenía sus ojos, el color de su pelo y hasta la misma forma del dedo gordo del pie izquierdo. Era igualito a él, aunque sin su bigote, claro.

En ese entonces sólo sabía chillar, comer y dormir. Eso sí, todo lo hacía en grande, porque dormía mucho, comía mucho y chillaba muchísimo también.

Cuando crecí un poco y dejé de chillar, aprendí a bailar, a bañarme con mi propia sopa, a reír y a decir: "mamama", "papapa" y "guagua". Al principio, todos pensaban que lo que quería era un poco de agua, pero en realidad lo que yo decía era: "guau, guau"... Y es que, desde que comencé a gatear, me encantaba jugar con mi perro, el Pinto, y ahora pienso que hasta quería ser como él.

Nací en San Miguel, una pequeña ciudad donde se habla español y la gente es muy alegre y amistosa. Cuando alguien cumple años, le llevamos serenata y le cantamos "Las Mañanitas". Si el cumpleañero es un niño o una niña, le hacemos una fiesta con piñata, globos, helados y arroz con pollo.

En las noches de calor, las personas sacan sus sillas frente a sus casas y se sientan a contar historias de la familia o chistes, y charlan de muchas cosas. Desde siempre, mi abuelo ha sido el rey contando cuentos. Nos deja a todos con la boca abierta. Los cuentos de miedo son los que más me gustan. Mi favorito es "La Llorona". ¡Ay mamita! Con sólo acordarme se me ponen los pelos de punta y la carne de gallina.

Mi papá decidió venir a Estados Unidos porque es muy inteligente y trabajador, y lo que él sabe hacer lo hace muy bien.

Al principio nos dio mucho miedo el cambio porque, como dice mi mamá, lo desconocido siempre nos asusta. Pero si lo desconocido nos asusta, dejar lo conocido tampoco es nada fácil. Me dolió dejar a mi perro, a mi mejor amigo y a todos los demás; a mis padrinos, a mis primos, a los vecinos... ¡hasta al señor que vendía paletas de limón afuera de mi escuela!

Mi mamá me consoló diciendo que estar triste no es algo malo, que seguramente vamos a extrañar muchas otras cosas, pero que no podemos quedarnos atorados en la tristeza, que hay que seguir como los trenes, siempre pa'lante. ¿O acaso han visto a un tren echando reversa?

Mi papá nos reunió a todos para explicarnos lo del viaje a Estados Unidos. Nos convenció de la importancia de ponerle mucho entusiasmo, de que los miedos no sirven para nada y de que ésta era una gran oportunidad para aprender otro idioma y conocer una nueva cultura.

Ahora que lo pienso, creo que mi papá tenía razón, porque es muy inteligente, y dice que cuando una persona deja de aprender es como si se jubilara de la cabeza, y eso debe ser muy aburrido. Por eso, mientras yo voy a la escuela y mi papá al trabajo, mi abuelo y mi mamá toman clases de inglés y de historia. Ahí les están enseñando algunas de las costumbres de este país, como la cena de Acción de Gracias o el Halloween. El único que no se ha enterado de nada es mi hermanito Alejandro, porque aún está en su cuna. Algún día yo se lo voy a contar todo cuando le lea esta autobiografía.

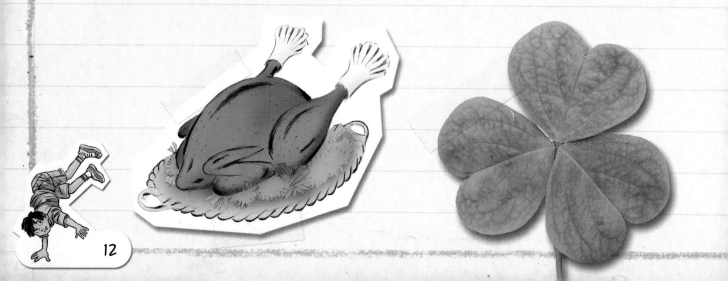

Y sí, el cambio fue un poco difícil. De pronto, todos los letreros estaban en inglés, y eso nos asustaba mucho porque pensábamos que nos podíamos perder. Pero también nos llamó mucho la atención ver que todas las calles se llamaban igual: "One Way". ¡Qué chistosos! ¿Por qué se repiten si hay tantos nombres para llamarlas? Por ejemplo, Calle Lagartija, Avenida Ballena, el héroe don fulanito, o inclusive, alguna calle podría llevar el nombre de su abuelita... ¿Por qué usar el mismo para todas? Hasta que alguien nos explicó que "One Way" quería decir "calle de un solo sentido". ¡Ja! Cada vez que nos acordamos nos da mucha risa.

También nos llamó la atención descubrir que había tiendas que vendían...¡pies! ¿Quién querría comprar un pie si todos ya tenemos dos? Más tarde nos enteramos que éstos eran de limón, de manzana y de piña, y que no se leía "pies", sino "pais". ¡Ja!

A pesar de todo, poco a poco nos fuimos acostumbrando. Pues como dice mi abuelo, al que le encantan los refranes: "A todo se acostumbra uno, menos a no comer". Así que, para no extrañar tanto, estoy descubriendo que la comida italiana es deliciosa, casi tan buena como la que hace mi mamá. Además, me siento muy orgulloso de saber que el maíz, el tomate, el cacao y la papa, entre otros alimentos que aquí gustan mucho, vienen de los países de América Latina. ¡Nosotros les regalamos esas ricuras al mundo!

¿Te imaginas? Sin nuestro tomate, ¿con qué harían la salsa ketchup que es tan rica con las papitas fritas; o con qué harían los italianos sus pastas y sus pizzas? Sin el cacao que les dimos, ¿cómo harían los chocolates que a todos nos encantan? A alguien aquí se le ocurrió inventar la hamburguesa, nosotros pusimos las papas, y todos salimos ganando.

Ahora que estoy aprendiendo a leer y a escribir en inglés, he descubierto que los idiomas suenan diferente porque usamos sonidos distintos. Nuestros nombres latinos tienen más erres, como en Roberto, Rosa y Rodrigo; y aquí hay más Johns, James y Janets. Y también hay más palabras con W. Una de las pocas que yo conocía antes era el nombre de mi amigo William.

Asimismo, ya me di cuenta de que aquí el abecedario no tiene la letra Ñ, y eso cambia muchísimo las cosas, porque ahora ya no soy niño, sino nino... Y me da mucha risa, pues antes me bañaba y comía piña, y ahora me bano y como pina, aunque no tengo la menor idea de lo que eso sea. ¡Ja!

Mi pobre amiga Toña quiere que le regresen la Ñ para poder ser, nuevamente, ella misma: Toña. Pero el que más *pena* me da es mi vecino, don Jesús Pena, que debe tener mucha pena desde que ya no se apellida Peña...

Bueno, no todo el tiempo estoy haciendo chistes. A veces me pongo triste al recordar mi tierra y los amigos que dejé. Pero la verdad es que estoy haciendo nuevos amigos que vienen de otros países en los que también se habla español. Y aunque aquí nos llaman latinos, hispanos, paisanos, chicanos, ches o ticos, todos somos como hermanos porque hablamos el mismo idioma, y eso nos invita a estar más unidos.

Sabemos casi las mismas canciones, adivinanzas y trabalenguas; tenemos comidas parecidas y hasta pareciera que nuestros abuelos escribieron juntos las leyendas. Por ejemplo, a "La Llorona" la llaman de diferentes maneras, pero es la misma señora que va por las calles de cualquier país latino gritando como loca.

Y cuando cantamos "De colores", no nos sentimos extranjeros; es como si todos fuéramos, como dice la canción, los "pajaritos que vienen de fuera", y perteneciéramos a una misma familia, a un solo corazón.

Al principio me costaba mucho trabajo hablar inglés porque sentía un poco de vergüenza. Me sudaban las manos, sentía mariposas en la panza; mi lengua se trababa y mis orejas se ponían rojas y calientes; estaba seguro de que todos se iban a reír de mí. Hasta que me di cuenta de que ellos también se sentirían igual si intentaran aprender otro idioma. Mi abuelo dice: "Nada puede asustar a un burro tonto". Creo que quiere decir que es normal sentir miedo cuando uno se enfrenta a algo nuevo, y eso no te hace un tonto. Mi abuelo también dice que todos tenemos nuestros propios miedos, hasta los que se las dan de muy listos. Y que cada vez que alguien se burla de otro es porque tiene miedo de que los demás se burlen de él.

Ahora ya no me importa lo que piensen o digan, me siento muy orgulloso porque me he dado cuenta de que soy capaz de aprender un nuevo idioma, y eso quiere decir que, como mi papá, soy muy inteligente.

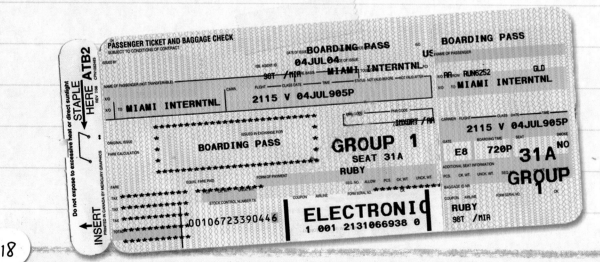

A veces me siento un poco triste porque algunas personas dicen que somos unos "mojados" o unos "colados". Eso quiere decir que no somos de aquí. Pero mi maestra, la señora Mireles, cuya familia ha vivido aquí por más de cinco generaciones, nos explicó que en este país casi todos somos inmigrantes, que venimos de todos los rincones del mundo a compartir lo nuestro, a intercambiar las culturas que nos heredaron nuestros abuelos, y que no olvidarlas nos hace fuertes.

Canadá

Estados Unidos

AMÉRICA

La Patagonia

Llegamos de África, Europa, Asia, Oceanía y de toda América, desde el Canadá hasta la Patagonia, que es una zona que se encuentra en Argentina y en Chile, cerca del Polo Sur; y aunque suene como un lugar en el que hay patos, lo que tiene es muchísimas focas y pingüinos.

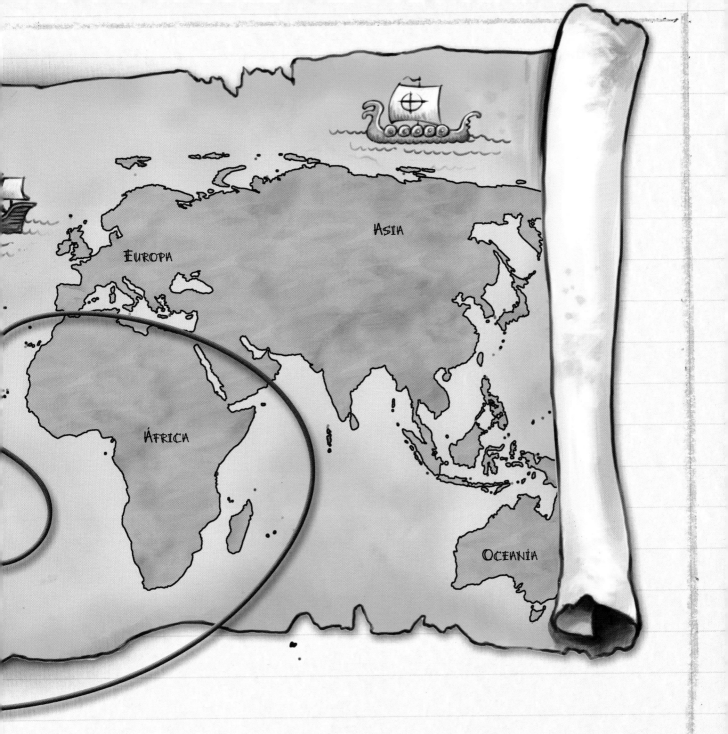

EUROPA

ASIA

ÁFRICA

OCEANÍA

Ya entendí que aquí hablamos inglés porque fueron los ingleses los que colonizaron Estados Unidos; hablaríamos español o francés si los españoles o los franceses, que llegaron primero que los ingleses, no le hubieran dado sus territorios más tarde a Estados Unidos.

O si los mayas, en lugar de haber estado estudiando el cielo, inventando el cero o construyendo ciudades y templos majestuosos en Guatemala, El Salvador, Honduras, Belice y México, que era lo que les gustaba, se hubieran dedicado a perfeccionar sus técnicas de navegación, pues habrían podido perfectamente cruzar el Golfo de México y venir a vivir también a lo que después sería Estados Unidos de América, y nosotros ahora le estaríamos llamando *ek* a una estrella, en lugar de *star*.

En esa época los únicos que vivían en esta parte del continente americano eran indios, como los apaches y los dakotas. Según aprendimos en clase de Sociales, ellos convivían con los bisontes y los seguían a cualquier lugar en que anduvieran pastando, por eso sus casas eran desarmables. ¡Qué inteligentes! ¿No? Ahora que la moda es comprar tantas cosas, es un poco más difícil moverse de un lugar al otro.

llos sí sabían vivir en paz con el planeta Tierra. Nosotros, en cambio, pareciera que nunca estamos contentos. Si hace un poco de calor, prendemos el aire acondicionado, aunque al rato estemos congelados por el frío y corramos a ponernos la chaqueta, y entonces sí, ¡hay que prender la chimenea! ¿Y luego?

Me pregunto quiénes serán más sabios, ¿ellos o nosotros?

INSTRUCCIONES

Cuando España conquistó los países de América Latina, obligó a los indios a hablar español. En ese entonces, el territorio de México era mucho más grande, pues incluía los estados de California, Nuevo México, Arizona, Colorado y Texas. Por eso aún hoy en día encontramos en estos estados ciudades con nombres en español, como San Antonio, Santa Fe, Los Ángeles, El Paso, Las Cruces, San Francisco, San José y Fresno, entre otros. Lo mismo pasa en Florida, donde está San Agustín, la ciudad más antigua de Estados Unidos, que fue fundada por los españoles.

A mi abuelito le encanta descubrir en el mapa nombres en español; los escribe en un cuaderno, y cuando quiere presumir de que habla muy bien inglés, se pone a recitarlos. Y yo, como soy su nieto y también soy muy inteligente, los puedo entender muy bien. ¡Ja!

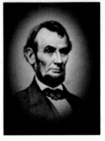

Me gusta ser latino y también bilingüe y bicultural. Puedo tener las cosas ricas de los dos mundos: el arroz con frijoles y los perros calientes; los tacos, las hamburguesas y las empanadas... ¡Mmmhh! También me gustan el fútbol (ambos, el nuestro y el americano) y el béisbol, así como festejar el 4 de Julio, con sus fuegos artificiales, y los festivales con los que se celebra aquí la independencia de varios de nuestros países.

Me gusta cantar las canciones folclóricas de mi país que escucha mi abuelito, y también el *rock* en español y en inglés, y el *rap*. De todos los personajes sobre los que la maestra nos ha hecho investigar admiro mucho a don Benito Juárez y a Simón Bolívar, pero también respeto mucho a Abraham Lincoln.

Además, si yo hablara un sólo idioma no podría entender los chistes bilingües, como ése que dice: "¿Qué le dijo un globo a otro globo? I *globe* you!". ¡Ja!

I Glove You

Mi abuelo dice que en nuestros países mucha gente cree en lo que dice el refrán "El que nace para maceta, no pasa del corredor". Quiere decir que el que nació pobre, así se queda. Pero él cree que aquí eso no tiene mucho sentido, porque éste es "el país de las oportunidades". Y lo que mi maestra nos ha enseñado es que el que se esfuerza puede llegar muy, muy lejos.

Definitivamente, yo no tendría ningún problema con eso del corredor, pues como soy bueno para correr, hasta podría llegar a participar en las Olimpiadas. Mamá dice que si decido ir, ella me apoyará; ¡y me acompañará con agua y naranjas! Pero no sólo soy veloz con las piernas; también soy superveloz armando rompecabezas. Tal vez por eso entiendo más o menos rápido las matemáticas. O sea que yo, maceta... ¡no soy!

¿Qué me gustaría ser cuando sea grande... ¡además de señor...!? No sé... La computadora parece ser muy interesante, pero también me llaman la atención las tuercas, por lo que podría ser mecánico, y de los buenos.

Aunque he estado pensando que si decido quedarme a vivir en este país y no regresar a San Miguel, quizá podría llegar a ser un líder que ayude a mi comunidad, o que represente a los trabajadores del campo o a otros latinos con problemas, como lo hizo César Chávez en California. Inclusive podría llegar a ser político. ¿Por qué no? Don Abraham Lincoln luchó para que todos los hombres y las mujeres fueran libres y tuvieran las mismas oportunidades, sin importar el color de su piel o si les gusta comer pan, *bagels*, tortillas o arepas.

Algunas veces me acuerdo de mi perro el Pinto y pienso que me gustaría ser veterinario. Lo mejor que me podría pasar es poder trabajar en lo que me guste y ser útil a los demás, y si además me pagan bien por hacerlo, ¿qué más puedo pedir?

Mi abuelo dice: "No por mucho madrugar amanece más temprano". O sea que aún tengo muchos años para pensarlo bien; por lo pronto, me toca estudiar con mucho entusiasmo y disfrutar el aprender nuevas cosas. Cada vez que leo un libro nuevo me imagino trabajando en una profesión diferente. Anoche soñé que era un científico que estaba en una nave espacial y que descubría que esos famosos hoyos negros, estaban llenos de... hoyitos negros bebés, ¡chiquititos! ¡Ja!

Y, sí, es cierto que éste es el país de las oportunidades, pero nada es gratis: uno tiene que trabajar muy duro para lograr lo que quiere. Ésa es la razón por la que estamos aquí; dejamos nuestro país, a la familia, a los vecinos y algunas costumbres, pero no dejamos de ser valiosos, y nos sentimos orgullosos de saber que somos personas de bien. Nos dimos una oportunidad y no la vamos a desaprovechar.

Mi abuelo dice: "A Dios rogando y con el mazo dando", eso quiere decir que las cosas no caen simplemente del cielo. Me da gusto saber que vengo de una familia de gente inteligente y muy trabajadora. Con nuestro esfuerzo y talento, saldremos adelante.

Si en tan pocos años que tengo, he vivido una vida tan interesante y llena de aventuras, disfruto mucho pensando en todo lo que aún me falta por aprender y divertirme. Si todo esto lo he logrado siendo simplemente Paco... ¿qué será cuando crezca, sea señor y me llamen don Francisco Javier Ramiro González López? ¡Cuántos libros como éste podría escribir! ¡Cuántas cosas podré contarles a mis nietos! ¡Ja!

Aún no sé qué seré de grande. De lo que estoy seguro es que sea lo que sea, quiero ser feliz conmigo mismo, con mi familia y con mis nuevos amigos. Como dice mi papá (que también tiene sus dichos), no se trata de dar codazos para llegar a ser el número uno. Lo que yo quiero es llegar a ser lo mejor de mí mismo.

Esta autobiografía la terminé de
escribir en el comedor de mi casa el
15 de mayo de 2004.

Paco